你注视我的目光
每一寸都是温柔
像照亮银河里的每一颗星辰
你是谁——
今天我就为你命名
你的存在　是世界的幸运
亲爱的小孩
爱　是歌颂

短歌集

爱·歌颂

李响　著

东南大学出版社
SOUTHEAST UNIVERSITY PRESS
·南京·

图书在版编目(CIP)数据

短歌集:爱·歌颂/李响著. —南京:东南大学出版社,2020.7
(理想教育诗行)
ISBN 978-7-5641-8909-9

Ⅰ.①短… Ⅱ.①李… Ⅲ.①诗集—中国—当代 Ⅳ.①I227

中国版本图书馆CIP数据核字(2020)第090987号

短歌集 爱·歌颂

著　　者	李　响
出版发行	东南大学出版社
地　　址	南京市四牌楼2号　邮编:210095
出 版 人	江建中
责任编辑	唐　允　徐　潇
经　　销	全国各地新华书店
印　　刷	江苏凤凰数码印务有限公司
开　　本	880mm×1230mm　1/32
印　　张	8.625
字　　数	100千字
版　　次	2020年7月第1版
印　　次	2020年7月第1次印刷
书　　号	ISBN 978-7-5641-8909-9
定　　价	36.00元

本社图书若有印装质量问题,请直接与营销部联系。电话(传真):025-83791830。

教师本色是诗人

李响老师的诗集即将出版,要我写几句话。严羽说:"诗有别裁,非关书也;诗有别趣,非关理也。"我对诗歌写作完全外行,难免言不及义。

李响是语文特级教师中的异数,成名早但生性淡泊,有中国传统文人的清高,也有儿童的率性和天真。

李响是语文教师中的全才,散文诗歌,信手拈来、文采斐然;吟唱朗诵,字正腔圆、声情并茂;书钟二王,直抒胸臆、轻灵飘逸。

李响的这本诗集,书写了他的诗情,也书写了他的童心。童心与诗情自然融合,儿童天然是诗人。童心与诗情融合为诗歌,这就成为文学的艺术。诗歌是文学最为精致的样式,诗集蕴含着作者艺术的素养与语言的功力。

前两年读赵越胜的《燃灯者》,作者记述了他与周辅成教授的一段对话。周辅成是中国现代伦理学的奠基人。赵越胜问:"莎士比亚的诗剧与哲学有什么关系?"周辅成笑道:"天才有三种,第一等是诗人,如莎士比亚,他的诗剧写尽了人世的哲理;第二等是哲学家,如康德、黑格尔,写诗不成而去研究哲学;第三等是小说家,如梅里美。"显然,深奥的道理并非是经院的教条,日常的生活中包含着鲜活的哲理。深刻的思想可以诗意地表达,童心便是天赋的智慧。特级教师作为广大教师的榜样,李响凸显了教师专业成长的另一个侧面——不是埋头于理性思辨的著作,而是在日常的生活中保持着生命的灵性。

马克思认为,人们把握世界有三种方式:科学、宗教与艺术。科学是事实与逻辑,宗教是虔诚的信仰,艺术是心灵的直觉。科学的分析终究不能穿越物自体,艺术的直觉能整体地把握事物。天才的伟大发现总在青年时期,因为它需要激情与想象的伴随。激情与想象正是诗歌的特征,天才的科学家与伟大的诗人心心相印,这"心"是蓬勃的诗意与诗情。如李响那样,教师要有童心与诗情,有在岁月的磨砺中不失感性的热情。

作为教师,你未必一定要写诗并出诗集。但作为教师,你多少得有一点对世俗的超越,有一点激情,有一点诗意审美的情趣。教育是在儿童的心田里播种,教学是将琐碎的庸常酿成诗意的美酒,校园要成为儿童记忆中温馨与美好的家园,教师必须是一位广义的诗人。如果说,教师是成人世界派往儿童世界的使者,那么,在与儿童朝夕相处的岁月里,你能否发现他们的颖悟、他们的灵性?你能否有诗意的表达?

恢复魔方的速度,为什么成人远不及儿童?接受新事物的速度,为什么儿童远胜于成人?大自然从一个侧面提醒我们:儿童是成人的老师。知识累积的同时,是人们直觉能力的消退,其本质是诗情与诗意的消失。意大利哲学家维柯认为,人类原始的思维是心灵与自然的完全契合,这是一种诗性的思维,它凭想象与联想勾画出一个完整的世界,而不是支离破碎的知识。他同时认为,儿童的思维便是原始的思维,具有诗意的灵性与直觉的智慧。

做老师,谁都想成为好老师。但如何才能成为一名好老师呢?好老师要有一颗童心,童心便是诗心。好老师要有诗意,因为儿童是天然的诗人。儿童教育家李吉林老师说:我是长大的儿童。李响老师也是长大的儿童,他的诗集洋溢着童心与童趣。教育是爱心的激荡,教育是心灵的对话,教育是一首心血谱写的诗。好老师是一名诗人,见证儿童的成长,吟唱生命的奇迹。

李响的诗是写给他自己的,是他心灵的倾诉,写他对幸福的寻找,写他作为教师的欢欣。"语言于诗歌的意义,其吊诡之处在于:它貌似为写作者、阅读者双方所用,其实它首先取悦的是自身。换个形象点的说法吧,蝴蝶首先是一个斑斓的自足体,其次,在我们这些观者眼中,蝴蝶是同时服务于梦境和现实的双面间谍。"李响的这一番话,有诗意,也有哲理。蝴蝶的双重角色岂不是教师的一个隐喻?教师之于文本,教师之于学生,又何尝不是如此?教学相长,教师在成就学生的同时,成就自己生命的精彩。

听李响的课,与李响交谈,会感受到他的激情与才气,感受到他的质朴与纯真。作为教师,这或许是最为需要的一种素质;作为诗人,这或许是一种最为基本的素养;作为一种个体的气质,它可以感染你,你却无法模仿它。曹丕说:"气之清浊有体,不可力强而致……虽在父兄,不能以移子弟。"诗人的气质诚然是一种天赋,但更多的是来自读书与体悟。读李响的诗,我相信每个读者都会有内心的感动。诗歌是那样的明净,儿童是那样的单纯,诗化的语言闪耀着缪斯的灵光。

是的,现实生活中的教师不免窘迫,不免辛劳,甚至不免孤独。然而,我们倘如斯霞老师那样,有童心和母爱的心境;倘如柯尔德林所言,辛劳但有诗意地在大地上栖居的情怀;作为一名教师,有对儿童的喜爱,有对职业的眷恋。于是,我们自然会有精神的饱满,有幸福的体验。教师需要读诗,教师生涯需要诗意,不是追求物化的占有,而是享有审美的愉悦。

——李响是一个朗读者,他以福柯的眼睛,审视着自己的倾听者,找寻一条属于自己的美学生存之道。然后,他发现,路,从来就是,一条,千回百转的远方。

——李响与他的诗,告诉我们如何在生活中发现美,如何在教学中发现儿童,如何与儿童分享生活的美好。教师应然是诗人,教师本色是诗人。

是为序。

叶水涛
《语文世界 教师之窗》主编
《写作》副主编
江苏省教育学会副会长

爱与活着

　　题记——你懂得爱,还得学会爱;你懂得生活,还得学会生活。于是,你就有了诗,你深怀着人类之爱,在这个世界上尽力地歌与颂,爱,成了一条智慧之旅。

诗人叶芝有诗道:
我永远是她的一部分
也许无法摆脱
忘记生命　又回归生命
不断轮回……

诗人的长旅是神圣的
诗歌是情感天性的一种品性
当爱超越某种形式
她便属于心灵了
尽管这种爱
怀揣着抽象
但我依然能够看到
爱的光芒
正在照耀着一片温暖的海

诗之于我
是一种宗教
每一首诗
每一个遣词造句
都会唤起我
不朽的信仰

在时间的时间之外
在空间的空间之外
于安谧的深处
独对内在的丰盈
把圣洁的情愫
幻化为欢快的歌唱
因为爱　不管在哪里
我都是　深情的歌者
因为爱　我深情
因为爱　我走向
遥远而宁静的故园
我仿佛爱的歌颂者
我也是爱的思想者
用心感悟
用心灵去接近心灵
静静聆听
用生命的智慧
用虔诚和热爱
去叩问爱的密码
我是自然而然的人
我是懂得爱的人
我是歌咏爱的人
于是我有了诗
我深怀人类之爱
在这个世界上
爱的命题
才是最博大的
爱情与亲情
乡情与友情
理想与梦想
幻想与怀想
将在我与你的笔下
延伸至灵魂深处
在那里发出意味深长的回答

你要笃信
爱　活着
爱　歌颂
永远是自由的表达

目录

第一章
《活成偶像》/001
《活成偶像》/003
《旋转的们》/004
《我们……》/005
《无动于衷》/006
《相见恨晚》/007
《儿戏》/008
《冗长》/009
《膜拜》/010
《因为》/011
《之于》/012
《每一天》/013
《半行》/014
《草的婴孩》/015
《灯开在大海上》
　　　　/016
《我不渴》/017

《呼吸》/018
《葡萄》/019
《把明天给你》/020
《认真》/021
《窗外》/022
《还在》/023
《否则》/024
《那天》/025
《记得你》/026
《分量》/027
《一枚硬币》/028
《爱是歌颂》/029

第二章
《爱做梦的小拇指》
　　　　/031
《眼睛》/033
《看海》/034

《寻找》/035
《角落里》/036
《杀死月光》/037
《散步》/038
《我什么也不会》/039
《歌词》/040
《画》/041
《归》/042
《赞美》/043
《味道》/044
《流泪》/045
《羽毛》/046
《诗句》/047
《无动于衷》/048
《飞翔》/049
《伞》/050
《欲雪》/051
《脸》/052

《手指》/053
《雨点》/054
《车票》/055
《童谣》/056
《肩膀》/057
《镜头》/058
《星光里》/059
《读》/060
《名字》/061
《欢喜》/062
《反复》/063
《得到》/064
《为我》/065
《伟大的选择》/066
《失去》/067
《告别》/068
《想海》/069
《温度》/070

《影子》/071　　《传染》/087　　《馅饼》/105　　《钥匙》/123
《致敬》/072　　《结局》/088　　《触碰》/106　　《起风的时候》/124
《双眸》/073　　《等待》/089　　《猪鼻子》/107　《男子汉》/125
《油画》/074　　《问候》/090　　《悔恨》/108　　《模样》/126
《摩天轮》/075　《想像》/091　　《认真》/109　　《猫》/127
《爆米花》/076　《唇边》/092　　《狗一样》/110　《旅行箱》/128
《我要》/077　　《男中音》/093　《爷爷》/111　　《微笑》/129
《信》/078　　　《课本剧》/094　《感谢》/112　　《之前》/130
《目的地》/079　《瞳仁》/095　　《犯错》/113　　《偷听》/131
《组词》/080　　《妈妈说》/096　《划过》/114　　《种子》/132
《爱做梦的小姆指》《看流星》/097　《原谅》/115　　《记得》/133
　　　　　/081　《归巢》/098　　《孤岛》/116　　《心心念念》/134
《礼物》/082　　《那只猫》/099　《风》/117
　　　　　　　　《树》/100　　　《城》/118　　　第四章
第三章　　　　　《背母亲》/101　《重逢》/119　　《漂流的岛》/135
《寻找……》/083《每天》/102　　《安详》/120　　《出走》/137
《寻找……》/085《筷子》/103　　《发言》/121　　《无敌》/138
《成员》/086　　《草帽歌》/104　《旧课本》/122　《表情》/139

《相遇》/140
《咖啡》/141
《父亲的书房》/142
《站台》/143
《想起你》/144
《蛋挞》/145
《情书》/146
《野兽》/147
《读信》/148
《情歌》/149
《春风》/150
《贝壳》/151
《犹如》/152
《等你》/153
《一丝不苟》/154
《高尚》/155
《听见花开》/156
《同伴》/157

《折痕》/158
《燕子》/159
《放纵》/160
《斗士》/161
《蜂》/162
《蜜》/163
《眠》/164
《俨然》/165
《回家》/166
《兽》/167
《冰糖葫芦》/168
《漂流的岛》/169
《寂寞》/170
《走进》/171
《彼岸》/172
《老师》/173
《他说》/174
《哭吧 笑吧》/175

《往事》/176
《快感》/177
《还有》/178
《祝贺》/179
《名义》/180
《星星们》/181
《河床》/182
《佐罗》/183
《你来了》/184
《少年》/185
《小破孩》/186
《回家1》/187
《回家2》/188
《样子》/189
《同桌》/190
《故事》/191
《崇拜》/192
《两个月亮》/193

《站台上》/194
《石阶上》/195
《诉说》/196

第五章
《燃尽最后一簇礼花》
　　　　　　　　/197
《燃尽最后一簇礼花》
　　　　　　　　/199
《明信片》/200
《发生》/201
《纸短情长》/202
《寻找》/203
《蝴蝶》/204
《面对花开》/205
《我是叶》/206
《召唤》/207
《混蛋》/208

《向着美好》/209
《起床了》/210
《风知道》/211
《你说，我说》/212
《你说……》/213
《不许变》/214
《讨厌》/215
《野心》/216
《有意义》/217
《萤火虫》/218
《风说》/219
《舞蹈》/220
《信》/221
《笨拙》/222
《读者》/223
《数星星》/224
《你·我》/225

《英文老师》/226
《草木之心》/227
《电影》/228
《肥皂泡》/229
《送行的人》/230
《等》/231
《疯丫头》/232
《童话》/233
《好好》/234
《美美的》/235
《长椅上》/236
《雨巷1》/237
《美》/238
《开饭》/239

第六章
《河流在转弯的时候

是有梦的》/241
《诞生》/243
《粉红色的花蕾》
/244
《在奔跑》/245
《听世界的声音》
/246
《顽皮的笑容》/247
《邀请》/248
《幸福的闪电》/249
《不朽》/250
《赞美》/251
《那片天空》/252
《恒久》/253
《桃树枝》/254
《纸质车票》/255
《从一块麦田的寻找

开始》/256
《河流在转弯的时候
是有梦的》/257
《悲悯的海》/258
《天性》/259
《独一无二的世界》
/260
《想起我的少年》/261

第一章

活成偶像

人间何事
需要第一万个盛夏来临
所以你把你的映像
留在人们对你的怀念中
遗忘了岁月
却把自己活成偶像

人间何事
需要第一万个盛夏来临
所以你把你的映像
留在人们对你的怀念中
遗忘了岁月
却把自己活成偶像

——《活成偶像》

走散了　我零落成泥
每天在心里愈合

相遇了　你是旋转的门
唱着耳环叮当的歌

——《旋转的门》

我们擦肩　我们相遇
我们爆裂　我们盛开

曾经彼此照亮　曾经流星般划过
这就够了　明年春天
我们又重逢

——《我们……》

我牵过一个少年的手
他冷漠又无动于衷　他说
你高傲的尊严与我无关
我比你还要高傲　他继续说
其实　我最怕失去你对我的爱

　　　　　　——《无动于衷》

不可思议的是
那个少年再见我时
掌心是温热的
脸上有了楚楚动人的微笑
我们彼此　相见恨晚

　　　　　　——《相见恨晚》

我喜欢当我望向别处时
你的目光落在我的身上
归来的不朽之心缠绕
扛在肩膀上的承诺不忘
拉钩上吊一百年不许变
请带上我们
回到童年的儿戏

——《儿戏》

我将自己交给这冗长的时光
去等待那个偶然事件
其实　任何的偶然都是一种必然
比如　老师您好
比如　妈妈我回来啦
比如　祝你生日快乐
比如　晚安亲爱的小孩
我们活在冗长里
我们有我们固定的表达方式

——《冗长》

在一个幼稚的希望里坐下
变得太快啊 亲爱的小孩
你让我看到自身的短见
和你的那秉烛光 那是王者心中的期许
来吧 秋树上的是一次虚构
你才是我们
共同的膜拜

——《膜拜》

你好 亲爱的小孩
不过是凝视的刹那
就默默守护了一生
虚空的日子燃尽芳华
一驻足一停留 原来是那般的丰盈
指尖上可以触天的力量
都因为有你——

——《因为》

请再给我一个名字
那少年说——年华从此停顿
称呼不改 初心不改
我们彼此之间 就像光明和阴暗
在果实成熟之前无分你我
之于落叶的金黄
之于未来的无知

——《之于》

月亮和星星是一对母子
和万物一道　新的一天
永远属于那一轮共同的太阳
随时可以把全世界照亮
以纯的白　以赤的诚
坦然以对
走过我们的每一天

——《每一天》

你是我半行未成的诗
用全部德性
倾注全部爱
诗中闪耀着人格的句式
你是我半行未成的诗
不许别人改动一个字

——《半行》

如果种子不死　把梦在土壤中留下
但是风　请别忘记我们
我们摆动的样子也很美
我要长出草的婴孩
美美地跳舞　美美地飞翔
请别忘记我们　总有一天
我会长成　你希望的高度

——《草的婴孩》

我带着你　去寻找一盏灯
你说　那我们去寻找大海吧
灯　开在大海上
像星星一样美丽
海浪起伏　灯光闪烁
所有喜欢它的孩子
将在早晨　迎来太阳

——《灯开在大海上》

在更加有力的手里攀援
在更加实在的岩石间飞翔
如果我答应再给你一次奖赏
一瓶冰镇汽水足够令你再一次站在顶峰之上
你说——亲爱的老师
我爱这攀登的姿态
我爱你的奖赏　但我不渴

——《我不渴》

把我的眼睛沉入你的眼睛
在你的眼睛和我之间就有了故事

把我的手放入你的手心
在你的手心和我之间就有了牵挂

于是我感到空气在流动
于是在你的眼和我之间有了呼吸

——《呼吸》

那个少年宽宽的眉宇间
有少许黄褐色的雀斑
一个人悠闲地吹着口哨
吹出只有他自己听得懂的腔调
他拿起一颗娇滴滴的葡萄
放嘴里说
啊——真酸

——《葡萄》

把童年给你　把心思给你　把明天给你
腕表精准计算我们在一起的日子
阳光明媚在我们的前额
我们静若处子　青春蓬勃
不是有今天吗？不是有明天吗？
不是有明天的明天吗？
睁着懵懂的双眼　我们心里明镜一样

——《把明天给你》

有时候
想要像大人似的
过家家　两小无猜
可并不是闹着玩的
认真地长大
认真地恋爱
认真地吵架
认真地走在人群中

——《认真》

凌晨醒来
那新来的菊已经盛开
地上零落着两三片瓣儿
抬头看窗外
星星还在沉睡
嗯嗯……我也再睡一会儿
等待那轮新的太阳

——《窗外》

在大森林里迷了路
我索性寻找童年听过的童话
再问问我疲惫的脑袋
再问问我无力的腿脚
我的梦还在
我的童话还在

——《还在》

别太接近你的梦
梦是一种谎言　一种诱惑
只有留下的才不是梦
安静啊　我的孩子
一切正把你所有梦见的变成真实
森林　童谣　城堡和国王
否则　你一无所有

　　　　　　　　　　——《否则》

那天　我们促膝谈心
那天　你的乌托邦之说企图影响我的人生
那天　我一句也没有听进
那天　我有过奇异的激动
在你的故事不空洞之后
在那个拥抱之后

——《那天》

空气中有糖果的香甜
给你的问候用我的食指和心
输入法记得你　深夜记得你
我记得你　甚于昨日
这是故事的开始
还是故事的结局

　　　　——《记得你》

用一秒钟的分量　体会你不存在
用一生的时间　体会你的永恒
用生命中最温暖的姿势拥抱你
然后告别过去　体会不能忘却

——《分量》

我把一枚硬币使劲地抛向空中
不是占卜明天的吉凶
我无法独自
沉湎于幻想

——《一枚硬币》

你注视我的目光每一寸都是温柔
像照亮银河里的每一颗星辰
你是谁——今天我为你命名
你的存在　是世界的幸运
万物都有直觉　万物都有爱
亲爱的小孩
爱是歌颂

——《爱是歌颂》

第二章

爱做梦的小拇指

我是爱做梦的小拇指
在我的眼中什么都大
大大的梦想
大师般的智慧
大大的爱

在黑板上画一千双眼睛
那冲着我　微笑的
一定是你的眼睛
亲爱的老师

　　　　　　——《眼睛》

我安安静静地坐着
看草地上许多小虫子
慢慢爬过眼前
我仿佛看到了海

——《看海》

小虫子爬过海滩
小虫子不见了
我顿时　泪流满面
开始了我的寻找

——《寻找》

教室的角落里
坐着一个楚楚动人的女孩
如此叹息　如此叹息
我浑然不觉爱上她

——《角落里》

那个想杀死月光的男孩
早已将你遗忘
因为——他 已经不是
那个坏小孩

　　　　　　——《杀死月光》

路灯　亮起来了
爸爸　妈妈和我　在散步
我抬头看天上的星星
星星也在散步

　　　　——《散步》

鸟儿在天上飞
鱼儿在水中游
我什么也不会
只会做着
——悠长悠长的梦

——《我什么也不会》

今天见到那个
爱唱《送别》的小孩
我们说着李叔同的故事
长亭外　古道边
芳草碧连天
小孩哭了　小孩又笑了

——《歌词》

没有人把我们画在一起
那我们自己来画
你靠近我
我靠近你
我们靠近太阳

——《画》

海归了岸
鸟归了巢
我回到了
妈妈的
怀抱

——《归》

我要告诉你——
我的小破孩
我就是为赞美你而来
除了赞美
我无话可说

    ——《赞美》

亲爱的老师——
你头发上的味道 真好闻
那天 你对我说
我要唱首歌给你听

　　　　——《味道》

我发誓——
第一　不让你流泪
第二　不让你流泪
第三　不让你流泪
可是　我却流泪了

　　　——《流泪》

春天　因为这一片羽毛
而温暖无比
我把羽毛拿在手里
就像快乐的天使

　　　　　——《羽毛》

临行密密缝

意恐迟迟归

我念着这句古诗句

去了机场 没有和妈妈告别

——《诗句》

我牵起那少年的手
他尖叫起来
我无动于衷
其实不为什么

——《无动于衷》

鹰飞起的样子
像壮士上战场
一去不回头
我没有翅膀
我有我的飞翔

　　——《飞翔》

我们合撑一把伞
我们的影子交叉在一起
在阳光下
在风雨中
在……

——《伞》

晚来天欲雪
我在问候远方的亲人
远方的人啊
你也同样惦记你远方的孩子吗?

——《欲雪》

面对一朵花开
我想捧起你的脸
王子和公主的模样
自在多情

——《脸》

我梦见了
你的手指　是妈妈的手指
纤弱
与细长
与爱排在一起

——《手指》

你——
轻轻地对我说
你看　柳絮飘起来了
细雨飘起来了
雨点儿滴到你的脸上了

——《雨点》

你远赴的征程和
远赴征程的车票
每一程
每一张
每一念
我都会用心珍藏

——《车票》

我们讲讲小时候的事儿
——好不好
你对我说
天上星
亮晶晶
是童谣 也是童年

　　　　——《童谣》

你说——
我的肩膀
很柔弱
但足够承载
你的欢声笑语
你的喜怒哀乐

　　　——《肩膀》

嘘——
别把镜头对着我
我的故事
我的诗句
都在她们的眼睛里

——《镜头》

星星在燃烧
星光里
你的眼帘深处
不是彩虹
是昨夜顽皮的梦

——《星光里》

亲爱的
睡不着　非要闭上眼睛吗？
来吧——
睁开眼睛
我们读首诗

——《读》

我把好吃的巧克力的名字
抄在纸上
记在心里
想念你的时候
我会想起那香甜的味道

——《名字》

季节动人 你也动人
轮转之际
你春暖花开
世界开始变幻莫测
我满心欢喜

　　　　　　　——《欢喜》

"我爱你"三个字
反复说
反复地说
反复地对你说
一生二　二生三
三生万物

——《反复》

我是个坏孩子
我想变成好孩子
我装成好孩子的模样
不只是为了得到你的赞美
和你浅浅的爱

——《得到》

爱的形状
不是心型的
这事儿有点诡异
心碎了一地
——为我
——为你

——《为我》

假如有人能
爱我这个混蛋
他一定是个了不起的人物
他的选择真是伟大的选择
爱我
就不会辜负

　　　　　——《伟大的选择》

那天 我——
拆掉你的玩具屋
就像毁掉你的家
你一下子
失去了玫瑰园的欢乐

——《失去》

新年的第一天
外面有暖阳升起
我只想听听陌生的音乐
然后
和旧的年
告别

——《告别》

想看海了吧
那就向着大海奔去
带着写给海的明信片
大声地读给海听

——《想海》

踩着落叶　走近你
轻移脚步　走进风中
我的心里　还有
这个夏天的
温度

　　　　　　　　　——《温度》

你是带着理想来的
你的理想里
有你父亲的影子
也有
我的影子

——《影子》

希望等待另一个希望
执着走过另一个执着
成长没有致辞
只有祝福

——《致敬》

在爱里爬行
在羊水里
睁开双眼
你的双眸明镜一样
来吧——请跟我来

——《双眸》

你安安静静坐着
笑容可掬　油画一样
你静静看我
我静静看你
油画一样

——《油画》

作家 水手 士兵 间谍
我不关心海明威的日记
从明天起
我只关心摩天轮上 尖叫的你

——《摩天轮》

我们是这座城市里的少年郎
今天电影里的故事
对于我　有点生涩难懂
妈妈说　你手里的爆米花
就来自那片田野

　　　　　——《爆米花》

我要长成慈爱的你
我要长成伟岸的你
浅浅的微笑
铿锵的声音

——《我要》

我能敲门进来吗?
我要为你唱首歌
为你送封信
信里有
你我之间的秘密

——《信》

我们一起
走过大街小巷
看大街小巷
只有你知道
我们的目的地在哪里?

——《目的地》

喜欢　快乐　崇拜
钟情于　倾心于　偏向于……
这一组词
是用来形容我们关系的

　　　　　　　　　——《组词》

我是爱做梦的小拇指
在我的眼中什么都大
大大的梦想
大师般的智慧
大大的爱

　　　　——《爱做梦的小拇指》

圣诞树上的灯或明或暗
白雪公主睡着了
那个胖子 跳进我的梦里
热切地告诉我
今晚送给我的礼物挂在哪个枝头

——《礼物》

第三章

寻找……

向往一场
漫天的大雪
我在北方凛冽的冰凌中
寻找那个独自堆雪人的孩子

向往一场
漫天的大雪
我在北方凛冽的冰凌中
寻找那个独自堆雪人的孩子

　　　　　——《寻找……》

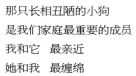

那只长相丑陋的小狗
是我们家庭最重要的成员
我和它　最亲近
她和我　最缠绵

——《成员》

我不会在我忧伤的时候
和你亲近　老师说
忧伤会被传染
快乐也会　被传染

——《传染》

马背上最后一根稻草
会轻轻松松将你压垮
小孩　别哭
这不是我要的结局

　　　　　——《结局》

春天播种
秋天收获
原谅我　我是一棵生长的树
请等我　十年

——《等待》

校园的小路边
开满了迎春花
你清晨的问候　惊醒了
我昨夜的梦　也揉碎了一地阳光

——《问候》

砌一堆石头 取暖
坚定挨着 坚定
理想挨着 理想
——你温暖了我的想像

　　　　——《想像》

一颗远行的心
一行枕边的泪
我喂自己一粒稻穗
唇边的笑意为谁?

——《唇边》

倾听遗忘的声音
那迷人的男中音
那个唤醒我的人的名字
在耳畔响亮着

——《男中音》

课本剧写完了
表演开始了
小丑和勇士 谁输谁赢?
你我一眼就能 看明白

——《课本剧》

你欲言又止的欢乐
我读得懂
你的睫毛在跳舞
瞳仁在闪光　我读得懂

——《瞳仁》

月亮挂在天空
星星落在水中
我被飞过的鸟粪砸中
妈妈说　我们去买彩票吧

——《妈妈说》

看流星　飞呀　飞呀
我知道妈妈又在为爱情犯愁
我想对牛郎说
让爸爸赶快回家吧

——《看流星》

月亮升起来了
鸟儿归巢了
爷爷和奶奶
拄着手杖出来了

——《归巢》

那只死了一百万次的猫
死在草地上
再也没有活过来
我伤心地哭了一整天

——《那只猫》

我要长成伟岸的树
骨殖在爱的土里
化为尘土
期待参天

——《树》

第一次背母亲
是十岁生日那天
只向前走了三步就踉跄了
让母亲见笑了

——《背母亲》

走在川流不息的街道
昂首挺胸
每天　每天……
我是壮士一去不复返啊

——《每天》

用筷子吃饭
是我自己的事
用刀叉吃饭
母亲没有教过

——《筷子》

那日
于泰山极顶
你无征兆地把帽子扔下山谷
然后悄悄地走下山来
我心中响起了那首《草帽歌》

——《草帽歌》

突然有一天　想吃母亲烙的馅饼
特别的想
就去了飞机场
就登上飞机　去寻找母亲了

——《馅饼》

自从听了你的朗诵
我就再也不敢触碰——
《大堰河,我的保姆》
和你的眼神

　　　　　　　　　　——《触碰》

把发热的面颊
贴着冰凉的玻璃
把鼻子挤压成猪鼻子
隔着窗户　也要看到我

——《猪鼻子》

在那些平常的日子
内心有诸多的悔恨
比如错过
比如凝眸
比如想念
比如对你说"爱"

——《悔恨》

戒尺是认真的
师父是认真的
唯有你——是不认真的
我喜欢你的不认真　但从不纵容

　　　　　　　　　　——《认真》

愉快的疲惫呀
狗一样地　奔跑
狗一样地　贪懒
狗一样地　梦想
狗一样地睡觉　睡到自然醒

　　　　　——《狗一样》

亲爱的老头儿　那么老
好像从来没有　年轻过
仿佛生下来　就是
来当我的爷爷的

——《爷爷》

浪花清澈　流水匆匆
石头和小鱼　水草和脚丫
都要感谢这一串串的水珠
让你不再忧伤

——《感谢》

老师　我要回到幼儿园
我要犯很多很多的错
我要做很多很多的梦
我不想成为　你眼中的那个懂事的小孩

——《犯错》

你的手指在我的
脊柱上划过
痒痒的　麻麻的感觉
我会谨慎而用心地
——珍藏

——《划过》

相约榕树下 我们的谈论
清晰 和蔼 委婉
不知原谅什么?
诚觉世间之事
尽可以原谅

——《原谅》

我仿佛一座孤岛
沉浸在爱的海洋中
于是我
不再孤单

——《孤岛》

风逃进自己的洞穴
小孩子找到他的伙伴
风笑了
小孩笑了

——《风》

心是一座最小最小的城
一座古老又梦幻的城
城里住着你和我
梦中住着我和你

——《城》

我要远离我的伙伴了
我把心思深深地藏在
童年的旧城墙里
等待未来
我们的重逢

——《重逢》

月光落在沉睡者安详的脸上
你的梦
更加生动
星空在欣赏着你
令人神往

——《安详》

像一群亲昵的小鸟
叽叽喳喳等待发言
然后
子弹般飞翔
兽一般争吵

——《发言》

我把旧课本弄丢了
于是整个世界漏洞百出
那个拯救世界的人
你在哪里?
我开始慌不择路……

——《旧课本》

那扇门被反锁
你从锁孔向外偷望
你渴望那个开门的人
和那把铜钥匙

    ——《钥匙》

起风的时候
请帮我系上那枚松散的纽扣
我正在——
看天　看云
看你从桥上过

——《起风的时候》

一个男孩
要哭过多少回才能称他为男子汉?
一个男子汉
要哭多少回
才能把他变回一个男孩?

——《男子汉》

春天的最后一朵花
迟开了一会儿
还是开了
你没有注意到　她努力的模样

　　　　　　——《模样》

真好——朋友送我一只猫
我摸她　它蹭我
我逗她　它躲我
我抱她　她温柔了

　　　　　　　　　——《猫》

打开旅行箱的时候
我想起你的旅行箱
和箱子里装满的日记
我的手一下子　被弄疼了

——《旅行箱》

我能驯服所有的鸟兽
只需要一块肉和面包
除了书里的爱情
我想得到的
是你的微笑

——《微笑》

脱下裤子
在你做梦之前
脱下裤子
在你和那个家伙干架之前

——《之前》

少年的秘密　不曾告诉父亲
只说与母亲
母亲身边少年的心跳
跃如鹿撞　他的秘密曾被父亲偷听

——《偷听》

晨露打湿一片记忆
东方升起一颗温暖的心
我要下地干活了
我要去播撒梦的种子

    ——《种子》

花儿低眉颔首忘掉了观赏者
有朋自远方来
一句挂念最入心
从此　你我都会记得

　　　　　　　　——《记得》

我们牵手走过
我们爱而不见
那天晚上　只有月亮看见
人间烟火　心心念念

——《心心念念》

第四章

漂流的岛

我想拥有一座岛
那是一座小小的可以漂流的岛
和我一起住在岛上的
还有鲁滨逊
和吃也吃不完的零食

背着旧行囊　穿上老布鞋
旅行去吧
今年的第一次出走
有这么想过

——《出走》

哎呀　那个曾经帮我干架的男子汉
现如今在哪里？
你的拳头
还是那般无敌？

　　　　　　　——《无敌》

一个老师告诉我
师父领进门
修行靠个人
我记住他说话时的表情了

　　　　　——《表情》

事情太巧　天空太小
我们相遇就是美好
来吧
带上我们的猫

——《相遇》

咖啡很苦　酸奶很酸
日子很甜　远方很远
旅行去吧
我们还有面包

——《咖啡》

父亲书房里的味道
走进去　就有一股
沁到饥饿肚子里的
渴望与流连

——《父亲的书房》

深夜的站台上
我和你双臂紧挽站在雪地里
你的手　温暖啊
像母亲

　　　　　——《站台》

旧纸堆里
发现为你曾经画过的一幅画
顿时觉得可亲
顿时想起你来
顿时想起那次旅行

——《想起你》

早餐时　爸爸在刚出炉的面包上
加了一个蛋挞
快乐的一天又开始了
出门时　爸爸轻声地唱着他的《甜蜜蜜》

——《蛋挞》

早餐时
读到一张旧报纸
像是读着老情人的情书
格外地兴奋

——《情书》

无端的想要找一空旷的田野
大声地吼叫
疯狂地奔跑
野兽一般

——《野兽》

读到远方的朋友
寄来的信
读着读着　心也远了
人　仿佛就在眼前

　　　　　　——《读信》

一个人的天涯
两个人的海角
我种下一百亩明月
写下一百首情歌 给未来的你

——《情歌》

你的教诲如春天
走路的时候脚下都生着风
肚子里
也长了力气

——《春风》

做一只贝壳
安静地躺在朝向大海的地方
你们谈论孤独时
我闻着散发着海洋的气息

——《贝壳》

见与不见　你总归在某处
大家彼此心安　你总归在某处
犹如水
犹如春天
犹如你的瞳仁

——《犹如》

我在海边等你　我在天涯等你
等你在时间之外
等你在空间之外
在时间之内凝眸
在空间之内走近

——《等你》

字迹模糊　边界清楚
你是你　我是我
苟且得一丝不苟
认真得毕恭毕敬

——《一丝不苟》

从高尚到高尚
是一条无迹可寻的路
我抬起我混沌的眼看世界
沉沦　毁灭　高尚
同样刻骨铭心

　　　　　　——《高尚》

看着　听着
一声不响
我看见梦　看见悲恸
我听见歌　听见花开

——《听见花开》

和我最要好的两个同伴
一个转学去了外省
一个考试永远是名列前茅
可是离我却很远

——《同伴》

古旧的书　线装的
黏合着岁月的字里行间
有着昔日的梦境和
美丽的折痕

——《折痕》

我知道用不了许久
我所教过的孩子都将舍我而去
燕子去了有再来的时候
你们再来的时候
我就老了

　　　　　——《燕子》

所有的沉溺都是放纵
我精心制造的荒唐梦
一个又一个
只在我的世界里
美轮美奂

——《放纵》

亲爱的小孩
你就像快乐的斗士
爱得无理
爱得无赖
爱得无穷　无尽

——《斗士》

奔忙的蜂
交错的甜蜜
我们的喜悦啊
一场日不落的挥霍
不舍昼夜

——《蜂》

蜜汁从指间滑落
心中的爱恋四散奔逃
贪婪将身体抛离
瞬间浸染着
你——我——

——《蜜》

海棠未眠
有人在黑暗里静静蛰伏
屋外繁星燃烧
你需要永久地期待

——《眠》

有多少重复又调皮的童年
簇拥在我身边
只等我一声召唤
就静穆如初
俨然古罗马的雕塑

——《俨然》

像一只困兽犹斗
坐上回家的大巴　我的心情啊
听见故乡的方言
听见故乡的传说
就安静了

——《回家》

跑不动的兽啊
在母亲的摇篮里睡了
跑不动的兽
在回家的路上醉了
睡得鼾声如雷
跑不动的兽累了　蹲在那里
成了一座山

——《兽》

买一根冰糖葫芦吃
好像一下子回到少年时代
顿时找回那早已失掉的
稚气之心

——《冰糖葫芦》

我想拥有一座岛
那是一座小小的可以漂流的岛
和我一起住在岛上的
还有鲁滨逊
和吃也吃不完的零食

——《漂流的岛》

我能体验没有玩偶的寂寞
又因为寂寞
选择逃离
嗨——哥们儿我回来了

——《寂寞》

当你用温柔的手
触碰我的脸颊
我的心是温暖的
你牵着我的手
我们一起走进幸福的国度

——《走进》

你　静静地升起风帆
船　驶向彼岸
鲜花开满小路
无比芬芳
尽头是那轮正午的太阳

——《彼岸》

今天回到母校
不曾看见我的班主任
那个年轻美貌的女教师
现在已经戴上眼镜了
她一定还是好看的

——《老师》

昨天那个在教室里
大闹天宫的小孩
悄然离开了
他说　世界上我可做的事情已做完了
他说　我该走了

——《他说》

哭吧 笑吧
我知道你为什么哭
你不知道我为什么笑
忘记了哭 忘记了笑
站起来 舞一会儿

——《哭吧 笑吧》

幼小的时候
我　妹妹和弟弟
在沙子里埋馒头的事情
说出来　就笑出泪来

　　　　　　　——《往事》

我听到"爸爸回来了"这句话
心跳就会加快
一种恣意的快感
一种突然的希冀

——《快感》

妈妈送来了她亲手制作的小蛋糕
甜蜜的味道长出了羽毛
我的心也不再聒噪
妈妈说　吃吧
我那儿还有

——《还有》

让我们祝贺——背包　水和笔袋
让我们祝贺——归来的游子
让我们祝贺——疲惫不堪的男孩女孩
让我们一齐高呼
晚安——世界

——《祝贺》

每天清晨听到《歌唱祖国》的歌声
内心总会激动
总会深情地跟着歌唱
做她的建设者
以共产主义的名义

——《名义》

我总觉得
星星们从前都是长在一起的
妈妈的故事讲完了
就散场了

——《星星们》

我常常不自觉地
飘向那条童年的河床
快乐的沙　堆成海洋
城堡和森林　是愉快的童话
少年的烦忧和我一起驶向远方

——《河床》

给我一柄长剑
给我一副佐罗的面具
给我一颗侠义的心
给我一匹如风的快马
当心　我会在你的背后
划出一个大大的"Z"字

——《佐罗》

天上下着雨　地上溅起水花
远方飘来歌声
我知道　你来了
一个鲜红
一个翠绿

　　　　　——《你来了》

他们都是少年
不会再有原始的冲动
一旦有船帆驶过
就如少年雀跃
看吧　他们已经把船长弄得焦头烂额

——《少年》

黑夜走出梦境
晨曦还在翘首
老人和狗归来
小破孩却流着口水
还在做梦

——《小破孩》

不要去那里踱步
天黑了容易摔倒
回家吧
妈妈的饭
已经做好

  ——《回家1》

那放风筝的孩子说
我看见星星了
快看——我找到了梦的家
我要跟着风筝
一起回家

——《回家2》

像山里的孩子
想念山的样子
像海边的孩子
想念海的样子
我要长成——你想要的样子

——《样子》

我又梦见了我的同桌
在偷抄我的作业
他喜欢的那个女孩
现在是我的女朋友
他要和我 决斗

——《同桌》

今天的作文是——《我的故事》
我的故事
我的故事的故事
都被我记起来了
天　也快黑了

　　　　　　　　　　——《故事》

站在讲台上的那个人
和我的关系很好
是什么关系
我也说不好
我知道我是崇拜他的那个人

——《崇拜》

眼前出现幻觉
一轮新月　一轮旧月
新的陌生而自信
旧的　依然讨喜
我坐下
仰望

　　　　　——《两个月亮》

月光　站台　火车
停在冷冷的冬夜
告别的人群在地平线闪动
有你　有我
两点一线　明亮的月光下
一群闪烁的星星
在告别

——《站台上》

坐在斜阳浅照的石阶上
那个红脸蛋的孩子
眼光清亮　在专心致志地
摆弄手中的玩具熊
用他嫩嫩的手指
笨拙又认真

——《石阶上》

我要在你的血液流淌里
诉说我的心事
你打开窗子
我就会来到你跟前

——《诉说》

第五章

燃尽最后一簇礼花

燃尽最后一簇礼花
光明没有完全消逝
银河里有一颗流星划过
人间有一首诗诞生
那就是你

燃尽最后一簇礼花
光明没有完全消逝
银河里有一颗流星划过
人间有一首诗诞生
那就是你

——《燃尽最后一簇礼花》

校服破碎　眼神游离成大理石碎片
写给你的彩色明信片
坐在嘻笑的森林中
从身边走过
立刻有了灵感

——《明信片》

有些事情在我们没有想到的时间发生了
有些事情在我们没有想到的地点发生了
有些事情在我们没有想到的人身上发生了
时间　地点　人物
老师说　他早就想到了这个结果

——《发生》

如果明天是你　我一定跑着去看你
如果昨天是你　我一定会定格那帧画面
纸短情长　我写给你的情书
没完没了　我会一直写下去
写给你　写给未来

——《纸短情长》

人向陆地　鱼向海洋
在这个春日我不去责备
一条牛仔裤　一双帆布鞋
一个新书包　一张旧地图
绝妙的搭配　我要去寻找
属于我的社会

——《寻找》

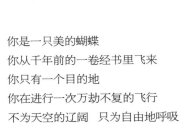

你是一只美的蝴蝶
你从千年前的一卷经书里飞来
你只有一个目的地
你在进行一次万劫不复的飞行
不为天空的辽阔　只为自由地呼吸

——《蝴蝶》

面对一朵花开　惊喜又虚妄
聆听花开的声音　虔诚又期许
坚定又笃定
我的眼睛笑出泪光

——《面对花开》

你弯腰捡起了我
眸中风情万种
我是一片叶　停留在你以往的旧书中
只有当你翻开时
我才在你眼中

——《我是叶》

鱼听从水的召唤
游入欢快的水中
吐着泡泡溅起浪花
自由如星在星空
你也从容　我也从容

　　　　——《召唤》

每个人的内心里都住着一个混蛋
邪恶 无赖 贪婪 无耻
可是自从遇见了你
那小孩 挨了骂
哇地一声 哭出声来

——《混蛋》

这是新的一天
新的一天有新的一天的故事
这世界上有波光潋滟的好
向着美好
我们无尽地奔跑

——《向着美好》

一觉睡到自然醒
睁开眼 伸个懒腰
天又远又高
阳光正好 我要起床了

——《起床了》

你在雨中行走
泪水悄悄地躲在雨水的后面
没有人知道
风知道　雨知道
我知道

——《风知道》

地上有草
天上有云
你说——
你要向着远方迅跑
我说——
我喜欢你撒欢的样子

——《你说,我说》

时光带走了叹息
唯愿你慢慢长大
你说——
我不想长大
长大就变丑了
长大就不可爱了

——《你说……》

长大有什么不好
韶华易逝
人生易老
我说——
我会永远对你好
我们拉钩上吊
一百年不许变

——《不许变》

星期一的早晨
"讨厌""讨厌""讨厌"
蒙眬中嗯哼了三遍
讨厌的早饭讨厌的堵车讨厌的校园
讨厌的……哎呀妈呀
"老师,您早!"
我向老师行了一个
标准的队礼

——《讨厌》

你一直站在我的身体里
你不来我会站成雕塑
你像一棵树
栖息着我的灵魂
生长着我的野心

——《野心》

没有变化　没有停止　没有希望
但我坚持　但我努力　但我希望
为风吹响一个预言
我喘息　我沉着　我不舍
最好的　和最明朗的你
比这美丽的日子
更有意义

——《有意义》

月光下你走得太快
我追逐着你 跌了个跟头
梦儿梦儿 等等我
人间的事太冗杂
我想变成一只透明的萤火虫

　　　　　——《萤火虫》

我用手去触摸你的心
风说——你的手太冷了
我用眼睛去凝视你的眼睛
风说——请你温柔视我
从此便有一颗心会温暖整个梦境

——《风说》

把你生命里的所有表情
都想像成舞蹈
呼吸
注视
凝听
触摸和移动
在大地之上
在天空之下

——《舞蹈》

你是被天空遗忘的诗人
清晨对着大海 写一首
谁见了都会怀念的长诗
我预备写上三天三夜
而邮寄出的 是我的泪水和思念

——《信》

在你的门前
我安静地席地而坐
笨拙的我
把你久久地仰望
闭眼　双手合十
然后　取出一颗棒棒糖
于是　心中充满了甜蜜

　　　　——《笨拙》

我漫无韵律地写
生怕孤独了
那个落单的读者
昏黄的灯盏下
我握紧那张入场券
走向幸福之门

——《读者》

午夜梦醒　打开阳台的窗
我抬起头　孩子般数着星星
一颗　两颗　三颗……生怕错过任何一颗
是啊　妈妈曾说
我和孩子中间只隔着一个夜晚
星星让我成为自己

——《数星星》

把一小时分成六十分钟
把每一分每一秒都过成自己
把每一个人都当成亲人
把每一个人的善良植入肌肤
把你　当作我
把我　当作你

——《你·我》

校图书馆前开了黄花
至今不知道它的名字
黄花开了又谢　我们来了又走
那个年轻的英文老师
暑假过后
就不再回来
你哭了

——《英文老师》

老师说　读书要从无字句处
我竭尽全力地寻找答案
从此一颗草木之心长满不朽
我能领略到的
那是你
是你最铿锵的肝胆

——《草木之心》

我今生最想拍一部电影
是一部关于梦想的拼图
阳光般的手和脸
一个人　赤着脚丫
放上一段音乐　独自舞蹈
"哐"的一声——往地上一躺

——《电影》

几朵茉莉在枕头上风干
新鲜的夏果把窒息的胸腔填满
少年困倦的梦里
藤条秋千上摇晃着愉悦的慵懒
梦轻浮得像一个肥皂泡

——《肥皂泡》

登上去南方更南的火车
送行的人瞬间被抛弃
迎接你的是南方更南的主人
啊 送行的人还在原地等待
等着为你接风洗尘

——《送行的人》

大人们睡了 草木睡了
星星们没有睡 很忙碌
星星们在照顾那些忙碌的孩子
等他们玩累了
等他们睡觉

——《等》

如果妈妈不会骂我
我真想爬上那伞一样的梧桐树
如果老师不会骂我
我真想骑上旋转木马做个疯丫头
如果你不骂我
我今天的作业
就不做了

——《疯丫头》

阳台上的土盆里
长出了一棵小小的树
胖乎乎的叶子
不知什么时候种下的种子
哎呀 要是长出草莓就好了
还有一间房子
和满树的童话
那天你说
……

——《童话》

岁月如水 让我长久膜拜
好好洗澡
好好睡觉
好好吃饭
好好看一朵花
好好写一本日记
写给你

——《好好》

我坐在教室
听你朗读
声音美美的
我去你家 吃你做的红烧肉
味道美美的
我们的老师
是个美美的人儿

　　　　　　　——《美美的》

花园里　长椅上　阳光中
我坐在猫的旁边
猫在酣睡
我在写信
一封长长的信
叙说着一个长长的梦
是关于猫和我的

——《长椅上》

向那雨巷的深处
我没有犹豫地
走了过去
又弯又长
有门　很窄
有窗　很小
有人　很小
那是你……

——《雨巷1》

风很美
雨很美
夏花也美
小小的蜜蜂很美
小小的蜂巢很美
沿着回家的小路很美

——《美》

> 你平静地叙述我们的生活
> 但愿我对你投去的一瞥
> 不是动人的序幕
> 故事和往常一样
> 米饭蒸熟了
> 我们就开饭
>
> ——《开饭》

第六章

河流在转弯的时候是有梦的

你看　河流在转弯的时候是有梦的
浪花是梦　小鱼是梦
水草是梦　蜻蜓是梦
春风乍起　你心中滋生出万千条河流

月亮还没有出来
一个孩子就诞生了
躺在白色的床单上
就像月亮落在一片云上

——《诞生》

粉红色的花蕾开始绽开
照亮了我的世界
在摇篮里发光
和宇宙中的星星没有什么不同

　　　　——《粉红色的花蕾》

我无法带你到达很多地方
但你可抵达我的心里
有时候心在痛
是因为你的脚在奔跑

——《在奔跑》

教会我美丽的哀愁
我的心　从来没有消停
我在黎明看到自己
听世界的声音

　　　　　——《听世界的声音》

世界记不得我的模样
我已经把它背叛
只有在你怀抱之中
我才会露出顽皮的笑容

——《顽皮的笑容》

有谁知道
你让我以羞赧的方式领悟一切
我把这世界当作陌生人
我对着你发出的邀请

——《邀请》

那是一道幸福的闪电
活着　只是为了活着
就让我们彼此祝福
愿一切祝福成为现实

　　　——《幸福的闪电》

唯有你最清楚
凡在母亲手上　站过的人
终会因诞生
而不朽

——《不朽》

我必须回到这里
扬净心底的沙粒与尘埃
替一棵树
赞美另一棵树
为一个人　去颂扬另一个人

　　　　　　　　——《赞美》

来到这里
只为那片天空
只为天空下的那片绿叶
执着 只为放下
最初的心 最初的梦想

——《那片天空》

喜欢只是短暂的喜欢
爱才是恒久
我没有资格以一个东道主的身份去迎接
那我就和你相约
就让我替你活着　爱着　寻找着

——《恒久》

在路边　母亲折一根桃树枝给我
说　带上吧
然后帮我把背包扶正
和母亲告别的那天
我并没有方向感

——《桃树枝》

手握着一张纸质的车票
我摸到了自己的肋骨
从上摸到下地数着
从故乡摸到他乡
我摸到了孤寂的疼

　　　　　——《纸质车票》

我经常会说服自己
断了一切念想
舍了所有荒唐
离开心头的沙粒和种子
从一块麦田的寻找开始

　　　——《从一块麦田的寻找开始》

你看　河流在转弯的时候是有梦的
浪花是梦　小鱼是梦
水草是梦　蜻蜓是梦
春风乍起　你心中滋生出万千条河流

————《河流在转弯的时候是有梦的》

我把你的瞳沉入我的眼睛
于是　我看见深情的黎明
我瞥见你悲悯的海
和古老的昨天

——《悲悯的海》

你总是不能击中我的要害
那么接近我的童年
再凶悍的梦
再狠的诅咒
也不能动摇我顽劣的天性

——《天性》

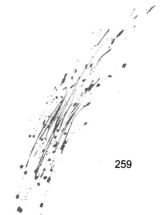

我知道数十年后
你们之中
必定会有一个人长成我喜欢的样子
我此刻　看到一片大好的世界
这独一无二的世界

——《独一无二的世界》

夏季的风
在绿草中徜徉
不眠的人们　忘情其间
你唱　我们的祖国是花园
歌声少有的欢快
我忽然想起我的少年

　　　　——《想起我的少年》